KB185006

경
종

경종
류종민 시집

초판 인쇄 2025년 02월 20일
초판 발행 2025년 02월 25일

지은이 류종민
펴낸이 신현운
펴낸곳 연인M&B
기 획 여인화
디자인 이희정
마케팅 박한동
홍 보 정연순
등 록 2000년 3월 7일 제2-3037호
주 소 05056 서울특별시 광진구 자양로 73(자양동 628-25) 동원빌딩 5층 601호
전 화 (02)455-3987 팩스 (02)3437-5975
홈주소 www.yeoninmb.co.kr
이메일 yoonin7@hanmail.net

값 12,000원

ISBN 978-89-6253-591-4 03810

연인M&B

| 시인의 말 |

보이는 모든 것 들리는 모든 것
한 상 차린 상 위에는 시인이 감별할 것이 많다.
그러나 시인은 눈과 귀로 맛보는
한 상이 그리 탐탁하지 않다.
시인이 맛보고 영양으로 할 재료는
따로 모든 것 속에 숨어 있다.
어떻게 찾아낼 것인가.
표현할 수 없는 세계를 형용하는 시인의 몸짓은
자신을 통해 형성되는 세계를 재발견하는 것이다.
그 형용은 내가 한 것이 아니라 그 무엇이
그렇게 한 것이다.
그 무엇은 항상 나와 함께 있었고 보이지 않는 곳에서
나를 비추고 있었다.
시 속에 살아 있는 세계는 그 무엇의 빛이다.

을사년 새해
지강 류종민

| 차례 |

/ 제2부 /

/ 제3부 /

/ 제4부 /

/ 제5부 /

/ 제1부 /

출항

새로 출발하는 범선
포구를 나서기 전에
새 항해의 지도를 그려야 한다
한 번도 가 본 적 없는 항로를
나아 가려는 의지는 너의 얕은 지견이 아니다
알지 못할 무량한 힘이 너를 인도하게 하라
새로이 출발하는 항로의 암초는
네 지견으로 피할 수 있는 것이 아니다
대해의 해류를 따라 네가 가고자 하는
알지 못할 항구에 닫도록 하라
그곳은 네 의지를 넘어서 있고
그곳은 네 판단을 넘어서 있다
가라 오직 알지 못할 큰 힘이 이끄는 대로
모든 이를 기쁘고 이롭게 하기 위해서
그 어른께서 너를 이끌게 하라

연금술

지고한 영혼의 연금술
무궁한 비의를 담아낸다
허공에 쌓이는 보화를 못 보는 사람은
그 순도가 어떻게 이루어지는지를 모른다
누가 알랴
수많은 인간이 연금의 비술을 알려 했지만
그것은 밖으로 찾아낼 수 없는 것
그대 속 깊이 내장된 하늘
그대 영혼의 문을 열고 들여다보라

포장

그 속에 무엇이 들었나
끌러 보지 않고도 아는 그대
신통한 눈이 꿰뚫어 보네
포장된 사람의 마음도 그럴 수 있다면
그대 신통 포장해야 되겠네

초인

넘어서지 않아도 넘어서 있다
달리지 않는 데도 저만치 간다
움직임 없이 길을 가는 사람
거리와 시간이 그를 잡지 못한다

복사

나를 그대로 복사하면 그대가 된다
책갈피에 끼워진 그대는
몇 년이 지나도 웃고 있다
나는 지금 할 일 없이 그대를 보건만
그대는 아직도 할 일이 많다
나를 보지 않고 시간에 멈춰 서
무얼하고 있는가

투영

파르르 떠는 물살 사이로
구름과 나무가 함께 떤다
물새의 날개도 떨고
호수에 찍힌 바람도 떤다
오직 떨지 않는 것은
깊이 투영된 하늘뿐이다

고요

보아 이 연못에 내려앉는 미지의 새소리
깊이를 알 수 없는 하늘이 가라앉아
너를 꿈꾸게 한다
닿을 수 없는 거리에서
손잡고 보는 하늘은
시간을 넘어 멀리 있구나

홍매화

나 이제 가네
나 보고도 시큰둥한 인간들
어른 아이 할 것 없이 입마개하고
나보다 작은 무엇 무서워하며
나를 반기던 인간들이 시큰둥하네
다음해 다시 올 땐 그러지 말게
나 서운하면 다시 오지 않겠네

강

인연의 갈래 수없이 모여
흐르는 소리
강은 말하지 않는다
호수와 바다에 이르기 위해서라고
강은 미지의 노래를 부르며
죽음의 언덕을 넘어서 가지만
강은 죽지 않는다

강은 구름으로 날아올라
흐르는 자기를 바라본다

장송

어둠을 쫓아낸 자리에 빛이 스며들어
공지에 한 터를 잡았네
솔방울 하나 떨어져 낙락장송 되니
세월과 함께 굳은살이 멋진 주름살 그렸네
그는 춤을 추는가
애통한 울음을 우는가
시간을 타고 흐르는
장송곡을 누가 알 수 있으랴
그림자 드리워 바람에 흔들리는데

불언

보아라
저 수많은 결정체
하나를 이루기 위해
얼마나 모였나
금강석이 된 숯은 말하지 않는다
몇 겁이 지나야
알게 될 진리를

읍소

마이의 솔향 짙은 숲속에
멀리 들려오는 산새 소리
바람을 타고 애끓는 읍소인 듯
비창인 듯 끊겼다 이어진다
구름이 지나다가 어루만지고 간다

꽃들의 세대

하얀 싸리꽃이 지고 나면
노란 금국화가 핀다
들판을 가득 채운 흰 망초꽃도 한몫 낀다
지고 피고 색잔치
들국화 필 때까지 이 들판은 쉬지 않는다

키 큰 달맞이꽃
밤에도 달을 향해 소근거린다
무슨 할 말이 그리 많을까
밤하늘 별들이 다 알고 있다
새벽까지 계속된 은밀한 사랑

꽃이 운다 상여가 지나간 어제
꽃이 웃는다
아이들이 깔깔대는 오늘
꽃은 말하지 않는다
새들과 바람처럼

꽃은 저만치 혼자서 웃는다
바람이 꽃의 볼을 간질이면
꽃은 밤새도록 소근거린다
달과 별 속에서

꽃은 청초하고 요염하다
꽃은 고귀하고 과묵하다
그리고 허망하다
꽃은 상념 속의 죽지 않는 환영이다

조춘

가시나무 연꽃은 얼음 아래 잠기고
물고기들은 다 빙어가 되었는지
보이지 않는다
솔향기 그윽한 곳
아직 매향은 숨어 있는데
눈 녹인 햇볕이 오늘 따라 따스하다
흙 속에 꼼틀대며 새싹 돋는 소리
내 귀를 간질이고
버들강아지 솜털 속에서
조심스레 내다보는데
멀리서 방울새 우는 소리
어서 나오라 재촉하네

고명

백야의 밤에
홀로 눈뜨고 있는 나무
먼저 간 나그네는 보이지 않는데
등성이 위의 샛별은 유난히 밝다

들판의 꽃들은 스러지고
씨들만 방울 속에 남았다
새봄에 피어날 아기 꽃순을
멀리 떠난 철새는 알지 못하리

복면

죄가 있든 없든
모두가 복면을 하고 길을 간다
언제까지 죄 없는 죄인이 되어야 할지 아무도 모른다
얼굴 없는 인간이 되어 어디로인가
정처 없이 가고 있다
옛 얼굴을 찾을 때까지

물살

보아라
천 개의 물살 달려가는 곳
하나의 출구 향해 질주한다
호수의 수문은 닫겨 있는데
아직 나갈 날은 멀고
바람은 세차게 수면을 훑는다
왜이리 극성인가
넓은 들판 벼들이 익어 갈
그곳을 가고파
쉬지 않고 보채는 아이같이

/ 제2부 /

오늘의 신화

신화는 늘 지금 이 순간 탄생한다
과거의 신화는 꿈꾸다가 깨어나고
내일의 신화는 아직 잠자고 있다
꿈꿀 권리는 누구에게나 있지만
꿈속의 꿈을 알지 못한다
오늘의 신화가 꿈속에서
당신을 부르고 있다
지나갈 길 저만치서

물살의 연주

물속에서 출렁이며 춤추는 나무
잠시도 쉬지 않는다
물살이 연주하는 소리는
수만 갈래 파장으로 퍼져 가고
먼 마을에서 닭 우는 소리
아득히 비껴간다
찍히지 않는 소리 한가락 가려내어
움쩍 않는 나무 위에 매달아 놓는다

한 줄

연둣빛 속에는 이제 막 태어난 아기가
눈뜨는 소리 들린다
세상은 보이는 만큼 그곳에 있고
자라는 만큼 변하지만
녹음과 단풍이 한시에 닥칠 줄은 몰랐다
하긴 삶과 죽음이 한 줄 속에 있으니
연두와 단풍이 함께 곱구나

옥무늬

옥이 된 돌 속에 물소리 들린다
깊은 바닥에 하늘을 새겨
티 없는 마음으로 영글고 굳었다
구름 한 점 동행하니
옥무늬 생겼네

병

생명의 몸이 병들면
아파하는 것은 마음이다
대나무 속처럼
빈 마음은 아파하지 않는다
오백 년 된 고목의 빈 속에
누가 들어 있을까
풍우에 굳어진 껍질 속으로
천 년 바람이 일다가 멎었다
백 년 살게 되었다고
좋아하는 사람아
병 없는 바위와 하늘 아래
누운 사람아
몸이 아프냐 마음이 아프냐

새들의 합창

멀리서 닭 우는 소리
까마귀가 두어 번 짖고 가드니
뻐꾸기도 연달아 운다
무슨 합창대회 열었나
참새도 스타카토로
조잘거리네

태풍

먼바다에서 눈이 생겨 돌더니
어디로 갈꺼나 가로질러 오네
비껴가는 자리는 좀 나은데
비바람 사정없이 몰아쳐 오네
무슨 잘못 있나
들여다볼 틈 없이
휩쓸고 간 곳은 난장판이네
꿇어앉아 빌어도 이미 늦었어
부러진 나무는 붙일 수 없어
네 속에 분 태풍은 잊어버리고
먼바다에서 온 태풍만
맞이했느냐

만세고개에서

안성 만세고개에 피 끓는 의혈이
이토록 진했을 줄이야
그 함성 그 용기 하늘에 닿았네
숲속에 솟은 기념탑 속에
그 함성 들리네
지지 않는 민족의 기상
고개 넘으며 들끓던 열기
조용히 잠든 동산에
아직 그 소리 살아 있네

라온카페에서

라온은 순수 우리 말의 즐거움
보는 것만으로 즐거운 경관
낮은 관목 사이로 멀리 집들이 숨고
별 세계의 뜰에는 고운 꽃들이 미소 짓네
쉬어 가는 사람의 마음이 즐거운
라온은 꿈꾸는 동산
한생을 애쓴 잎 다 떨어진 라온의 감나무
그 이름 대봉감 많이도 달렸네
거울 속 나무가 하늘을 받치고
거울 속 사진사는 대봉감을 맛보네

파리올림픽

백 년 만에 백마를 타고
센강을 달려온 성화
둥근 기구에 점화되어
멀리 에펠탑을 비춘다
고요한 평화의 신은
이 행성의 잔치를 지켜보고 있다
열광의 춤과 노래가 지나간 후
한바탕 격렬한 쟁투가 치열하다
바람을 가르는 검과 화살
물살을 가르는 손들의 움직임

보아라 나라의 국기를 가슴에 달고
온몸과 마음을 다하여 달리고 뛴다
무엇이 그대로 하여금 일어서게 하는가
함성이 있는 곳에 승리가 있다
기쁨과 한탄이 교차한다
그러나 그것도 순간의 영상
행성의 잔치는 잠들지 않는다
올림퍼스산의 성화는 언제 꺼질 것인가

끝없는 질문

아이는 엄마한테 끝없이 묻는다
우주의 끝없는 비밀에 대해서
엄마는 그 질문을 다 답할 수 없었다

네가 크면 다 알 수 있단다
노인이 된 아이는 다 알고 있을까
아이가 다시 노인에게 말한다
할머니 세상은 참 신기하지

늑골과 견갑골

견갑골은 뒷 방패
눈 없는 뒤의 수호병
늑골은 앞 방패
약하지만 지킨다

성안의 요새는 움직인다
성주의 깃발 아래
성곽의 척후병은
앞뒤로 민감하다

유리광세계

그늘이 하나도 없는 사람
안으로나 밖으로 투명해
그늘이 없다
가장 값진 보석 투명의 마음
유리광세계의 나무는
그늘이 없다
시간과 공간의 그늘도 없다

투란도트

사랑의 헌신 신념 용기 지혜를
오페라로 그린 푸치니
오늘 당신을 경배한다

동양 황제의 나라에
죽음의 신화로 그려 낸 공주
투란도트
사랑의 불길로 녹여 낸 얘기에
나를 돌아본다
오, 그것은 극기의 용광로
붉은 쇳물의 힘
그것이 없으면 사랑은
성취되지 않는다
녹여진 유리는 그늘이 없다

동화

등성이 위 도로는 아이의 도화지
그는 백묵 하나로 모든 그림을 그린다
토끼 사슴 사람 새
함께 사는 집을 그린다
그의 땅이 모두 도화지다
도화지에 가득 찬 아이의 세상
누구도 지울 수 없는 천국

꿈 장난

그만해라
악몽과 선몽이 모두 꿈 장난
몇 번 죽었다 살아났는가
깨고 보면 모두 헛것
왜 밤마다 꿈을 꾸는가
잘한 일 못한 일 모두 꿈인데
너는 어디 가고
꿈만 여기 남는가

/ 제3부 /

빛내림

이 별의 심장에 빛을 내려라
두 손 모아 중심 깊이 빛을 내려라
당신은 우리의 몸
우리의 현신
무한한 시간과 공간 속에서
이 가이아 행성은 인간의 고향
고장난 몸과 마음
다시 고쳐서
본래의 빛 다시 빛날 때까지
이 행성을 비추는 빛살 하나가
꺼지지 않는 등불로
타게 하소서

한가위

큰 중추절
모든 열매가 하늘을 바라보네
중천에 뜬 둥근달
무엇을 그렸나
비추어도 그림자 없는 사람
그릴 수 없는 그림
천지에 가득 찼네

만선

별을 가득 싣고
돌아오는 배
달은 바다에 한 아름 차고
은빛 고기는 꿈을 꾼다
한 세상 다함없는
꿈을 꾼다

소음

들을 수 없는 소리
수없이 들린다
멀리 떨어진 이곳에
어디서 이 많은 소리
찾아왔는가
눈으로 볼 수 없는 소리
보는 이는
고요히 귀 닫고 듣는데
멀리서 낮달이 웃고 있네

실재

허공은 실재한다
허공은 눈에 보이지 않으나 실재한다
허공 속에 가득 차 있는 세상
허공이 보이지 않으므로
실재하는 그 세상도 보이지 않는다
내 몸도 영혼도 보이지 않는다
그러므로 투명으로 실재한다
실재하는 모든 것의 궁극은 그림자가 없다
만져 볼 수 없는 실재
허공에 가득 차 있는 실재
그대의 마음도 영혼도 실재

쏟아지는 비
쏟아지는 빛
쏟아지는 실재
세상에 가득 찬 실재가 나를 본다
나는 실재를 볼 수 없지만
실재는 사라진 허공 속에 나를 본다
나 아닌 나의 실재는
허공 속에 가득 차고

삼라만상으로 비추인다
출렁이며 흘러가는
시공 속에 움쩍 않고 비추인다
아아, 그대 면전에서 비추인다

그곳에 있었다
아득한 과거로부터
보이지 않는 미래에 이르기까지
그곳에 움쩍 않고 있었다
산도 강도 비껴가는 그림자 없는 실재로
그곳에 있었다
사람들은 말하지 않는다
그곳에 있었다고

난꽃을 기다리며

그 얼굴 감추고 오래도 참았네
햇빛 그리며 숙인 고개
들지 못하고
무거운 얼굴 들어
언제 피어 보여 줄까
그 향기 진동하는 날
미리 그려 보누나

넝마주이

세상의 쓰레기
다 어디로 가는가
이 행성 들어갈 만한
푸대 있으면 메고 오너라
세상에 버릴 것 많지만
줍기보다 태울 것 더 많아
먼 세상 저쪽은 불타고 있네
알지 못할 땅속에도
밖에도 불타고 있네

소신공양

다 버리고 가는 길
마지막 몸 태워 공양 올리니
세상의 모든 업 소멸하라
뉘가 알랴
지수화풍으로 허공에 핀 꽃
잠시 머물다 할 일 마치고
가는 길
인욕도 고통도
무지개로 사라져
서쪽 하늘에 빛으로 남았네

맛

맛의 심판관은 혀끝에 있다
각기 다른 맛을 지닌 혀는
오묘한 심판을 한다
먹을 만하다는 것은
그저 그렇다는 것이고
맛은 있다 없다로 끝난다

맛은 멋을 낳았으나
맛의 어머니는 심판관이 없다
맛은 심판할 수 있으나
멋은 심판할 수 없다
그대여 멋있게 맛보라

불타는 얼굴

밤새 불타는 얼굴 빚고
고이 잠들었드니
깨어 보니 세상이 눈 속에 덮였네
불타는 세상 사라지고
하얀 눈꽃 세상 되었으니
그 얼굴 사라지고
본 얼굴이 웃고 있네

꿈길

밤새도록 많은 길 걸었네
꿈속 길은 끝이 없어
한생이 다 갔는데
나그네 쉴 시원한 정자는
아득히 보이지 않고
황혼의 노을은 불타고 있네
돌아가라 돌아가
시작도 끝도 없는
길 위에서 꿈꾸지 말고
온 자리로 돌아가라

호출

몇 번인가 부르는 소리에
달려왔건만
매번 다른 이었네
그로 인해
샛길을 피하기도 하고
그로 인해
제 길을 가기도 하였지
정말 내가 필요한 곳에는
단번에 불려지지 않았고
한 번쯤 시험을 거쳐야 했지
알 수 없어라
그분의 의도
세상의 길이 그러함인지

귀환

돌아가지 말고 돌아오너라
험한 산 험한 길
돌아가지 말고
큰길 바른길로 돌아오너라
호수와 바다는 아직 멀지만
돌아가지 말고 돌아오너라
천 길 낭떠러지 폭포가 되어
곧바로 그곳에 이를 수 있네

새알

새알 노른자는
염분 호수에 떠 있다가
그 씨눈의 생명소가 되네
흰자위는 기실 소독된 은신처
어느 태생인들 그렇지 아니하랴
이미 물속에서 헤엄치다 나왔지
아무도 모르는 사이

하늘에서 만나는 나무

땅에서는 적당히 떨어져
뿌리내렸건만
하늘에선 다 만났네
햇빛 만끽 자유로운
하늘에선 다 만났네
하늘길도 없는데
청설모는
하늘길 마냥
잘도 뛰어 넘나드네

심술 거위

주는 먹이 혼자 독차지하는
심술 거위 얄미워 멀리 던져 주면
어느 사이 달려가 차지한다
너 인간세계 오면 조폭 될 터인데
거기서 잘 닦아
남 보살피는 대장 되라
연못 사이 노닐면서
무어 그리 탐할 것 있나
연밥 연향으로 유유자적하면
반 신선 되겠는데
거위 신선 못 되고
심술 거위 되었느냐

한소리

아득한 들판
가득한 꽃들의 속삭임
한소리 알아들은 은방울 새가
한마디 하고 가네
아_훔

제4부

언덕의 소리

내 귀가 들을 수 없건만
땅속에서 나는 소리
숲이 우는 소리
석탄이 되기 전 음울한
산 짐승들의 포효 소리 들린다
스쳐 가는 시간은 볼 수 없건만
수많은 잎사귀가 저희끼리 소곤대는
시간의 소리 들린다
세찬 바람에 고개를 저으며
저마다 한마디씩 하는 소리
소리가 다 화석 되어 찍힌다면
신생대의 어느 시기
이 소리 다 들을 것이다
영혼의 소리 찍힌
이 화석을 누가 있어 풀이할 것인가

말 많은 인간의 소리 비껴간
이 언덕에는 참으로 들을 것이 무진장 많다
의미로 해석할 수 없는 세계를

귀 열린 신생대의 그 누가
이 모두를 해석할 것인가
투명한 생명의 소리를

생명나무

울울한 생명나무
그곳은 별천지
알지 못할 힘이 가득 찬 곳
나는 그 힘을 보았네
하나의 가지가 뻗어 나갈 때
내가 그리는 대로
그 가지는 망설임 없이 뻗어 나갔네
이 숲속에 가득한 생명나무
하늘을 가리워 다 보지 못하네
그대가 심었으나 그대가 아닌 나무
나는 물을 수 없네
그 힘이 어디서 나오는지

프리다칼로에 부쳐

몇 번의 수술로 다리를
잃은 그는 절망하지 않고 이렇게 말했다
나는 날 수 있는데
무슨 다리가 필요한가
고통 속에서도 놀라운 그림을 그려 낸 그녀는
지옥의 고통 속에서도 즐겁게 그릴 것이다
멕시코 국민 화가 남편의 외도에 얼룩진 편린
그는 은유와 상징으로
거대한 자신의 영혼을 건져 내었다
지상을 떠나서도 그는 운명에 도전할 것이다
죽지 않는 그의 그림 속에서

황혼의 광휘

황혼의 광휘가 이리도 아름다울 줄 몰랐오
누구도 보지 못한 저 반사광
온 세계가 그곳에 다시 건립된다
깊은 곳에서 빛나는 광휘
태양은 할 일을 마치고
사라지건만
광휘는 그곳에 남아 있네

전위

미끄러지고 보니
반석 위에 앉았네
크게 다치지 않고
오히려 좌정하다니
이보게 이런 기적은
나도 모르네
그분께서 이리도
신통하실 줄을

방목 마을에서

무슨 마음을 방목할 것인가
아득한 호수에 미지의 안개
아스라한 물의 언저리에서
잡을 수 없는 한 마음을
들여다본다
아련히 떠오르는 저 건너 세상
그려지지 않는 그림자를 건져 올려
하늘 위에 펼쳐 놓는다

이정표

목적지 아닌 곳에서
바라보는 목적지
무연한 동그라미가 돌아가드니
한 나무가 웃고 서 있네
그곳에 가 보아라
아무도 닿지 못한 곳에는
목적지 아닌 이정표만
있을 뿐이니

헤라클레스

힘 있는 자여
스스로 다치기 쉬운 힘
잘 사용하라
휘둘러 보고픈 마음 자제하고
정의로운가 잘 살피라
네게 힘을 준 것은
뜻이 있어서 그러하니라
무엇에 쓸 것인가
왜 써야 하는가
살피고 살피라
힘 있는 자의 힘은 제 것이 아니니
제힘이라 착각하지 말라
착각하면 재앙이라
조심하고 조심하라
분연히 일어설 땐
두려움이 없으리니
하늘과 땅이 그대 편일진저

그 세계

땅속에서 물소리 들린다
물소리 따라 바람이 일고
구름도 흘러간다
어디서
청방울 새소리
땅속 세계는 알 수 없어

기쁨이와 슬픔이 2

무의식의 흐름을 형상화한 디즈니
그리고 픽사영화사
감정의 표상은 많지만
긍정의 밝은 세계만 성취를
이루는 것이 아니라는 교훈을
성찰은 슬픔이를 통해서
이루어진다는 것을 보이고 싶었을까
일방통로가 아닌 길
아이들 한 뼘 더 자랐겠다

통찰

유발 하라리 호모사피엔스
그러하이 그러하이
인류사에 관류하는 안목
미래를 살고 있는 오늘
예리한 통찰에
행성을 꿰뚫는 예지
보인다

가르치는 구름

구름을 보고 있으니 세계지도가 생각난다
거대한 푸른 구멍의 바이칼호
카스피해 비집고 나가는 노르웨이 빙하 협곡
카이사르는 편안히 누워 허망의 하늘을 쳐다보고
흩어져 버린 칭기즈칸의 제국 무엇 하나 머물지 않는다
실재하지 않는 것까지
실재한 것으로
가르치는 구름이 묻는다
당신은 실재한다고
생각하는가

밉지 않은 나무

노을을 배경으로 너를
부각할까 하였는데
어이없게도 너는
옆구리에 털이 났구나
그래도 하늘을 향한 가지가
밉지 않아
한바탕 얘기를 나누겠네

코다리

코에 다리가 붙다니
어이없게도
너는 황태가 아니냐
제사상에 엄숙하게 오르는 너를
누가 욕보였느냐
그것도 인간을 위해
수없이 헌신한 너를

폰숀비

발음 기억 어려운 폰숀비
뉴질랜드 남섬
어느 마을의 이름
몇 십 년 산 정든 마을이었다고
카페 주인이 일러 준다
그 마을이 안전한 성으로
이사 왔다
높은 삼각창에 이는 구름
바다 건너 먼 대륙 그리며
이곳에 떠 있네
푸른 구슬 어디에
내려앉을까

독신

홀로 왜가리
호수 명경에 비쳐
가는 다리 받쳐 서 있다
먼 산에는 잔설이 남아 있고
바람에 억새풀 펄럭인다
하늘바람이 싣고 온
소식은 어두운 귀에
들리지 않고
나무 끝의 앙상한
가지만이 교신하고 있다

목적지 9에서

목적지 9에 닿으면
목적지 0은 없다
목적지 없는 우리의 목적지는
둥근 호수에 닿아
하늘을 비추인다
더 이상 뛰어넘을 수 없는
마지막 목적지는 9에서 끝나고
다시 하나에서 시작해야 한다
돌아올 수 없는 목적지 0에
닿지 말고 돌아와야 한다

/ 제5부 /

경종

경종은 여러 형태로 울린다
눈앞에 열차가 지나가면 울리고
접근하면 곤란할 때 울린다
허나 정말 심각한 생사의 기로 앞에선
경종도 울릴 줄을 모른다
길을 잘못 들어 절벽 앞에 섰을 때
어두운 밤 속에서 경종은 울리지 않는다
경종은 밖에서 들리지 않고
안에서 들어야 할 때가 있다
스스로의 경종을 들을 수 있는 사람은
미지의 재앙을 당하지 않는다
경종을 스스로 들을 수 있는 사람이
얼마나 될까
깊은 안에서 들리는 경종을

사형수

그대 죄인이라 생각하는가
나를 사형시켜 달라고
요청하는가
그대는 사형될 수 없다
그대가 죽인 사람은
그대 자신임으로

백산과 용수

백두산 백산수와
한라산 용암수가
배 속에서 만나면
서로 무슨 인사를 나눌까
멀고도 가까운 핏줄
천지의 기운과
백록의 기운이 만나는 장소
내 속에는 무슨 일이 일어날까
사령관은 멋모르고
시원하다 하는데
둘은 감격의 눈물로
새 천지를 적실까

빙어

얼음 속에서 바라보는 하늘
빙어는 뚫린 구멍 하늘 밖으로
볼 것이 많다
세상은 생각하던 것보다 크고
많은 듯하나
빙어는 다 보기를 원치 않는다
그저 뚫린 구멍만큼
내다보면 되는 것
더 보아 무엇을 할 것인가

바리스타

사랑의 꽃을 커피 위에 그린다
아까워 마실 수 없는 너는
그 꽃이 영원하기를 바란다
바리스타 손에서
마음으로 피는 꽃은
찰나 위에 영원을 새긴다

스무디

핑크색 딸기 스무디에
창공의 구름 한 숟갈
떠 넣는다
스물스물 녹아내리는 맛
구름은 다시 피어올라 웃는다
어디 다시 한 번 떠 넣어 보라고

아사달의 탑

고요한 아침의 땅에 쌓은 탑은
천년을 넘어 그곳에 닿았네

시간과 공간 속에 사는 인간이
그것을 뛰어넘어 그곳에 닿았네

아사녀는 먼저 가 기다렸다가
고요한 빛살 속에 거기 왔네

아사의 땅에 아사달과 아사녀
빛으로 된 몸이 탑이 되었네

시공을 뛰어넘은 이 탑은
영지의 못에는 비치지 않았네

바람의 전생

바람의 전생은 무엇일까
눈의 전생은 알 만하지만
바람의 전생은 알쏭달쏭
구름을 밀고 가고
폭풍을 몰고 오고
북극과 남극을 오가는
바람의 전생은 무엇일까
대해를 관류하며
이 행성의 자전과 동행하는
너는 이 별을 뛰어넘는
어느 곳에 우리가 모르는
쉼터 하나 갖고 있는지
알 수 없어라 알 수 없어라

중복

절후가 준비한 정확성은 세월이 가도 변할 줄 모른다
이 행성이 자전 공전하며 시간이 흐른 만큼
사람이 만든 절후에 이견이 있음 직하건만
그 시기 그 날짜가 돌아오면 어김없는 더위를 내놓는다
지금은 인공 냉각기가 구실을 하지만
삼복더위에 제사 음식 장만하고
하루 지나 상할 때는 어떠했으랴

감자바위

강원도 감자바위
순박한 토속으로 여기지만
감자 속 바위는 꽤 단단해
웬만한 멧돼지도 깨지 못해
감자 먹고 이 부러진 짐승들
왜 그런지 모를걸
자갈밭 속에 캐낸 감자는
자갈을 이기는 힘을 길러
멧돼지도 이길 수 있다네
감자바위 우주비행사 되면
웬만한 떠돌이별 다 저리 비켜라
오는 세상 감자바위 누가 이기랴

나무 그림자

그림자 길게 드리워 있으나
크기를 알 수 없다
나무는 보이지 않는 구름 속에 숨어 있고
지상에는 긴 그림자만 남았네
아무도 추정할 수 없으리
그 높이와 크기를
풍우에 모든 것 다 깎이고
내려놓아 있는 듯 없는 듯
구름 속에 숨어 알 수 없는 미소 짓네

삼천사에서 2

삼각산 깊은 골 아래
인도의 아쇼카 석주
멀리도 세웠네
삼천사 오랜 세월 풍우에 시달리며
번창한 옛 시절 그리고 있네
오백나한 각가지 표정
한때 대화했건만
지난 시에 살아난 음성
들을 길 없네
삼천사 종소리에 녹아들어가

꿈 찍는 사진사

누구의 꿈도 들키지 않게
많이도 찍었네
내가 찾아보는 앨범 속 나는
꿈 찍는 사진사가
찍어 낸 그림자
들키지 않게
아무도 모르게 찍었건만
지워지지 않는 사진 속 나는
꿈 찍는 사진사에게
들키고 말았네

빛살

미혹의 구름 헤집고
펑 뚫린 구멍으로부터
쏟아져 내린다
허공의 빛살이
과녁을 뚫은 화살이 되어

철

언제 철들려나
춤추는 나무
누런 잎 바람에
우수수 떨어지는데
언제 철들려나
앙상한 가지에 붙어
껍질만 남은 벌레
입동 지나 곧 겨울인데
흰 눈옷 입고 긴 잠 자려나
철 지난 가지 끝에
언제 봄이 오려나

지반

내 발 딛고 있는 이 땅은
초월할 수 없는 것
이 땅의 물을 먹고 마신 공기
어디서 대신할까
비 오고 눈 녹아 질퍽거려도
나는 이 길을 걷는다
호수는 말라 바닥을 드러내는데
수원은 어디 있어 흐르지 않나
산 높고 깊은 계곡 멀리 있어도
예까지 흘러온 물 귀하고 귀해
이 땅은 너의 땅
어디로 갈 건가

그곳에 가 보아라

그곳에 가 보아라
아무도 닿지 않는 길 없는 길 따라
보이지 않는 그 어른
기다리시는 곳
알지 못할 골을 따라
그곳에 가 보아라
밤낮으로 찾아 헤맨
그 어른 계신 곳
이생이 다하도록 만나 뵐 수 있을지
알지 못할 길을 따라
그곳에 가 보아라

우의

낙엽 하나 소용돌이에
휘말려 올라가드니
반도 못 가 맥없이 떨어진다
어디까지 오르려 했느냐
어차피 낙엽인 것을
멀리 구름이 피시시 웃는다
재주 한번 잘 피웠군
제 재주도 아니면서

창

창 너머로 보이는 세계
바람이 불면 펄럭이고
약한 잎사귀는 떨어져 나간다
이곳은 무풍지대
잎사귀가 굴러가는 것을 막지 못한다
왜 바람 따라 너는 굴러가는가
떨어질 곳도 알지 못하면서
좋을 것도 없는데 춤을 추면서

곡(曲)

고요히 눈감고 보면 다 보인다
바람과 나무가 못 보는 것을
명경에 비친 구름과 하늘은
누구나 보는 것은 아니다
깊이 숨 쉬고 보아라
세상은 길지도 짧지도 않는데
하루살이 짧다고 하누나
긴 휘파람 숲을 휘감고 가는데
누가 있어 장단을 맞출 것인가

빈 마음

억울한 일 당한 것
담아두지 말고 얼른
허공에 돌려주라
허공의 빈 마음은 받아 주나니
감사하고 고마운 허공의 마음
당신처럼 빈 마음이
세상에 없다면
이 마음 다 어이했으랴